AF468856

ÉPITRE

A

NAPOLÉON-LE-GRAND.

ÉPITRE

A

NAPOLÉON-LE-GRAND,

POEME EN TROIS CHANTS;

PAR J. LEROY.

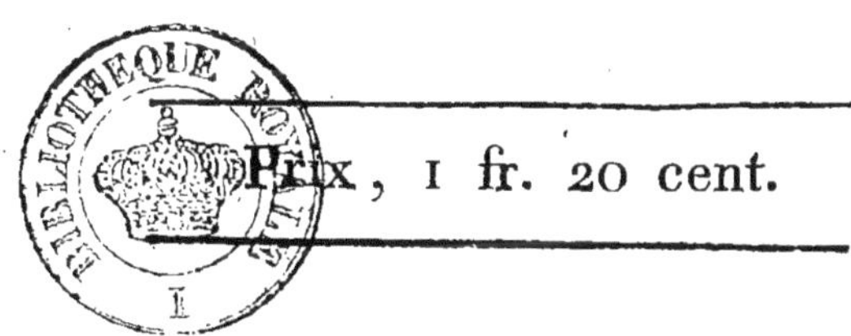

Prix, 1 fr. 20 cent.

A PARIS,

Chez { L'AUTEUR, rue de la Vieille Bouclerie, N°. 4;
Et chez PATHIER l'aîné, Libraire, Quai des Augustins, N°. 19, près la rue Gît-le-Cœur.

1807.

PRÉFACE.

Je sais, et j'en conviendrai avec le Lecteur, qu'il y a une grande témérité de ma part de prétendre célébrer la Gloire du Héros de la France, quand nos Maîtres sur cette matière sont, pour ainsi dire, restés en arrière de leur sujet; mais, je dois l'avouer, l'envie d'annoncer la Gloire de l'Empereur, quoiqu'il me soit parfaitement impossible de l'exprimer comme je la sens, m'a fait suivre mon penchant. Cet Essai, que j'avais fait pour ma satisfaction, ne devait jamais paraître en Public; mais un ami, pour qui j'ai la plus grande estime, m'a tant sollicité de le faire imprimer, que je n'ai pu m'en défendre, peut-être trop légèrement; car, quand on veut paraître en Public, et surtout traiter un objet aussi important, il faut, je l'avoue, avoir une plume plus exercée que la mienne : aussi je m'attends, pour prix de ma complaisance, à la critique et à la censure. Plein de respect pour le Public, j'assure que je n'en aurai pas moins aussi pour mes Censeurs et Critiques.

PREMIER CHANT.

FRANÇAIS! je vais chanter les hauts faits, les merveilles
De l'immortel Héros, les vertus sans pareilles,
Qui, lui seul, fait trembler la terre, l'univers,
Ministres, Potentats, tous ces Conseils pervers;
Punit du scélérat les offenses, le crime;
C'est l'organe du Ciel; par sa vertu sublime,
Soumet tout à ses lois, à l'exemple des Dieux;
Tout jaloux d'obéir à ses ordres précieux:
Soutien de l'opprimé, par bonté, par clémence,
Il est des malheureux le vengeur dans l'offense;
Dans ma simplicité, je voudrais m'avancer
Jusqu'à ce haut honneur de vouloir l'annoncer;
Mon esprit sur ce point, va jusqu'à rêverie,
De sagesse pour sûr, arrive à la folie;
Mais guidé par le goût, d'annoncer l'Empereur,
Je tiens NAPOLÉON bien gravé dans le cœur.
Je suis si plein d'ardeur, si fier, si téméraire,
Que ma Muse se croit plus haute, plus altière,
Plus noble en son dessein, plus grande en son action,
Sitôt qu'il faut chanter le grand NAPOLÉON.
Ma plume, du moment, ne faisant que de naître,
Je vois ces grands Savans la faire disparaître;
Car vous êtes si grands, du monde si censeurs,
Jugez tout clairement, par science, vrais docteurs,

Les faits de tout chacun, avec droite censure;
Votre bouche jamais ne prononça d'injure :
Voilà bien mon ouvrage, étant triste, imparfait,
Que je veux annoncer, pour être de mon fait;
Allez vous ériger en grands censeurs sévères,
Je veux, pour me juger, subir votre colère.
Si l'ardeur derimer vous venait à hauteur,
Tracez donc avec moi les faits de l'Empereur:
Publiez sa grandeur, partout chantez sa gloire,
Que toujours ses hauts faits suivent votre histoire.
Sa valeur, en tout temps, rien ne peut l'annoncer,
Ou cherchez avec moi des mots pour l'exprimer ;
Car, pour moi, je ferois cent efforts inutiles,
Je crois que Cicéron et l'aimable Virgile,
Reviendraient tous des Cieux pour vouloir l'annoncer,
Ils pourroient aisément avec moi succomber ;
Et le plus haut mortel ne pourrait sans offense,
Annoncer du Héros la haute intelligence.
Attendons que les Dieux, témoins de sa valeur,
Députent messager, fidèle énonciateur,
Dirigeant les discours, qui seront prononcés,
Tracer les expressions, qui seront annoncées,
A moins que par exprès l'admirable Éternel
Ne voulût annoncer cet illustre mortel.
Doué du grand flambeau, de sa source sublime,
Il soit l'exécuteur de sa grande maxime ;
Le Divin l'éclairant de son feu lumineux,
Sur terre l'envoya pour faire des heureux;

Et l'Europe à dessein, par fougues culbutée,
Renaît, revient aux lois, par son talent dictées.
Directeur des mortels, par son art bien prouvé,
Tout est sagement vu, tout est bien observé;
Pour nombrer ses travaux, je manque de mémoire,
Quand l'Univers entier veut en tracer l'histoire:
Je dirai seulement deux mots bien suffisans,
Je ne puis rapporter des faits aussi brillans:
Les Dieux en sont témoins, la France les publie;
Les fastes de l'histoire en seront bien remplis.
Il faudrait cependant au hasard commencer,
Sans talent et sans art, je voudrais m'annoncer.
Toulon fut le premier témoin de sa valeur,
L'ennemi fut puni du fait de son ardeur:
Pareil aux feux des enfers que conduit son génie,
Nul mortel dans Toulon n'en put sauver sa vie;
Sitôt l'Anglais, frappé du péril de la mort,
Ne voit d'autre salut que de quitter le port.
De là, voyant Paris dans le plus grand désordre,
NAPOLÉON paraît, tout revient dans son ordre.
Ce fut par la prudence, autant que par valeur,
Qu'il sut du Parisien recouvrer le bonheur.
La Discorde, poussant ses hideux cris, sa rage,
N'aurait fait voir, sans lui, qu'un horrible carnage.
Le Peuple, fatigué par ses nombreux chaos,
Par ses faits, par son art, retrouva son repos.
Cet auguste Héros, soutien de la patrie,
Part, courant aux combats, où l'attend l'Italie;

Ranimant des Français le courage et l'ardeur,
L'ennemi succomba, du poids de sa valeur.
Des phalanges du Nord, la perte trop certaine,
Dans ces faits, de leur sang, il arrose nos plaine :
Le *vaillant* Souwarow, pour son malheur battu,
Accusait le Destin, quand il se vit vaincu.
Triste de son honneur, mécontent de sa gloire,
Regrettoit ses lauriers, flétris par la victoire.
A Charles s'adressant, après un tel malheur,
L'invitait à partir, sans gloire, sans honneur ;
Faut-il dans nos revers, dans une telle offense,
Du Grand NAPOLÉON, supplier la clémence ;
Il le faut à regret, c'est le vœu des Français,
Nos pouvoirs, nos moyens ne reviendront jamais.
Ces ennemis vaincus, dans ce séjour de calme,
Au Grand NAPOLÉON rendent enfin les armes :
Connaissant du Héros ce que peut la valeur,
Aux Monarques ligués inspirait la terreur ;
Quand un nouveau péril, inspirant son courage,
Préparait au lointain la tempête et l'orage,
Dirigé par les Dieux, et semblable à l'éclair,
Partit victorieux, fendant les vents et l'air ;
Va d'un vol lumineux, conduisant son tonnerre,
Ébranler les cieux, faire trembler la terre.
Dans ces faits valeureux, devant lui tout se plie,
Sans peine il a soumis la Haute Alexandrie ;
Mais aussi son absence en France fait grand tort,
Le vaisseau de l'Etat se brisait loin du port.

Le Français gémissait, ses regrets inouie,
Craignait du Souverain la perte trop finie;
Tout devient malheureux, tout est dans l'inaction,
Tout dans Paris troublé, cherchait NAPOLÉON.
Gémis, Peuple Français, tu vois la tyrannie
Sans cesse t'écraser aveo ignominie ;
Le dessein de Schérer était de tout livrer,
L'Auguste Souverain vint pour tout délivrer.
Oh ! toi, qui ncus revient, tu nous combles de gloire,
Tes hauts faits, ta valeur, sont dans notre mémoire ;
Renais, Peuple Français, jouis de ton bonheur,
Tu viens de recouvrer ton noble Protecteur;
Et sans lui tu serais, dans la peine cruelle,
Livré dans l'anarchie, à la guerre immortelle.
Sa présence calma tous les esprits divers,
Dans Paris fait trembler scélérats et pervers;
Il nous donne des lois, ramène l'abondance;
Tout renaît par son art, et par sa prévoyance.
Nombre de scélérats cherchent à conspirer,
Mais son noble mépris ne veut s'en méfier;
Sa valeur et son ame, au péril exercées,
Ne craint point du méchant les forces opposées.
Connaissant leur dessein, voyant leur volonté,
NAPOLÉON marchait, par l'honneur seul dicté ;
Sans vouloir s'arrêter au sort qui le menace,
Sous un plus grand mépris, marchait avec audace.
Saint-Cloud rempli d'horreur, témoin de son danger,
Voit jaillir le poignard que l'on veut lui plonger ;

Ce ne fut pas pour lui chose à fait imprévue,
Son auguste Grandeur fut nullement émue.
De tous vils ennemis, méprisant le pouvoir,
Fait grâce par bonté, et plus que par devoir;
Reprenant de l'Etat les rênes ébranlées,
Le Français respirant, vit la France sauvée.
L'esprit public renaît et reprend son action,
En remercie les Dieux, chantant Napoléon;
Quel trait d'admiration, sans cesse on le contemple;
Mais dans le monde entier, où trouver son exemple?
Les Français sont joyeux, de plaisir respirant,
Ont-ils pu concevoir un bonheur aussi grand?
Non, Français, de tes maux, c'est pour toi pardonnable,
Tu ne peux concevoir un bien si profitable.
Mais ces nobles travaux ne font que commencer,
L'ennemi pour la guerre est venu s'annoncer;
Peut-on penser, humains, semblable extravagance,
De François II soumis, venir contre la France.
Orgueilleux Autrichien, n'es-tu pas corrigé?
Du sang de tes soldats n'es-tu pas regorgé?
Tu veux donc pour ton sort, par une nouvelle offense,
Attaquer du Héros la haute intelligence?
Déclare aussi pourquoi ton désir inhumain,
Est toujours décidé pour verser le sang humain;
Tes armées trop battues, cherchent pour bien suprême,
Un paisible repos, pour toi, pour elle-même.
Tu nourris tes desseins, tu veux *incognito*,
Finir ton déshonneur au camp de Marengo;

Ton cœur a soif de sang, il te faut des victimes,
Et ce cœur ulcéré ne connoît que le crime.
Le sauveur des Français, voyant ton vil dessein,
Te fera toujours voir de ton sort le destin;
Vois ce combat sanglant, les faits de ton offense,
De ton ambition, les forfaits, l'imprudence.
Ton esprit ranimé de ce dernier effort,
Te laissait arriver à ton fatal sort;
Où le fait t'a conduit, d'un trait de perfidie,
De tous ces Rois vaincus, ce fut enfin l'envie.
Tu ne voulais que sang, et ton cœur, le trépas,
La trahison, l'horreur, seules dictaient tes pas;
Coupable, en ton nom seul, de forfaits et de crimes,
Le Français s'annonçait de grandeur magnanime.
Jaloux de leurs lauriers, mérités du vainqueur,
Ne s'arrêter qu'au but que leur dictait l'honneur;
Ces glorieux Français virent avec surprise,
L'Autriche, de nouveau, qui revenait aux prises.
Quand le régulateur de ce vaste Univers,
Fit connaître aux mortels qu'il soumet tous pervers;
Que le plus grand projet, la plus noire pensée,
N'a jamais pu parer l'éclat de ces idées.
En ces faits pour combattre, et vouloir l'arrêter,
Le plus grand des mortels ne peut se présenter;
Cependant tout conspire et tout se coalise,
Du Grand Napoléon ne fait pas la surprise.
Le soutien des Français, ce pacificateur,
A la guerre est forcé contre son noble cœur;

Souffrant d'humanité, son âme est offensée ;
Mais il prévoit des Dieux la dernière pensée.
Il sait que l'ennemi, par son impunité,
Va recevoir le coup pour lui tout réservé ;
Succombant sous le poids de ces faits ordinaires,
Périra par son bras, d'un combat sanguinaire.
Le Héros poursuivait ; au moment s'avançant,
Rien ne peut arrêter ce Guerrier si puissant,
Montrant un noble aspect. Mack fut dans la souffrance,
Renonce à tous combats par son peu de vaillance.
Tremblant de son malheur, gémissait sur son sort,
Devant le Souverain convenait de son tort ;
Demandant du Héros la bonté, la clémence,
Pour excuser ses faits, son crime et son offense.
Mais voulait par devoir, autant que par raison,
Arrêter en son fait le sang de sa Nation ;
De son Maître abjurant tous traits de perfidie,
L'accusait de tout crime et plus d'hypocrisie.
De l'intrigue annonçait l'esprit séditieux,
D'un ennemi pervers, les conseils odieux ;
La vérité perçait son langage équitable,
A nos yeux dévoilait le secret méprisable.
Les Dieux témoins du fait, et d'un esprit vengeur,
Apprêtent d'un combat leur foudre destructeur ;
Dans le camp d'Austerlitz il dirige leur vengeance,
Sous l'ordre souverain du Héros de la France.
Le tonnerre, au moment, vient lancer son éclair,
La foudre, de son feu, retentit dans les airs ;

Le ciel s'obscurcit du torrent de l'orage,
Et Jupiter en feu, vient faire son carnage.
La mort seule annonçait le fait de son courroux,
Et l'ennemi vaincu demandait à genoux,
La bonté du Héros, et pitié pour leur vie,
Dans ce dernier moment furent anéantie.
Le soldat gémissait du coup qui l'a frappé,
Et traînait en débris son corps ensanglanté;
Par terreur dispersé, de frayeur redoutable,
Se sauvait consterné, sans ordre réparable;
Poursuivi par le Héros, d'un pas victorieux,
Parcourait au hasard des chemins ténébreux:
Voilà de ces guerriers la valeur ordinaire,
Pitoyeux combattans, et honteux mercenaires.
Dans Vienne, d'émotion se répand la frayeur,
L'habitant attristé, rend les clefs au vainqueur;
Son cœur, loin d'y porter la terreur vengeresse,
Rend à ses Citoyens repos et allégresse;
Et son âme, en son fait, conduisant sa vertu,
Protégeait des Humains, le sort et le salut;
Conquérant Provinces d'Autriche et d'Allemagne,
Pour nous donner la paix termina la campagne.
Que ne puis-je, grand Roi, comme toi, terminer,
Par un éclat brillant que je ne puis trouver;
Je serais moins honteux, écrivant cet ouvrage,
Dont tu vois du tableau la pitoyable image;
Très-peu digne de toi, peu digne de ton nom,
Et de la renommée et de ton haut renom;

En vain ta dignité je chercherais d'atteindre ,
Et l'éclat de tes faits que je voulais te peindre.
Ce très-faible discours, d'esprit est altéré,
Annonce purement que je t'ai révéré ;
J'ai cédé, grand Héros, à ta gloire immortelle,
J'en chanterai bientôt une autre plus nouvelle.
Te quittant, sans envie, au combat d'Austerlitz,
Ma Muse, sans repos, te suivra à Schleitz.

SECOND CHANT.

TEL que douce Bergère, en son amour extrême,
Attend de son Berger fidélité suprême,
Du printemps le doux feu, pour exciter l'ardeur,
Satisfaire à l'amour qu'elle sent en son cœur;
Noyer dans ses plaisirs une amoureuse ivresse,
Animé de désirs , de sincère tendresse;
Le Conseil de Berlin, par dessein imprévu,
Garnissant ses trésors avec nombre d'écus,
Attendait follement que la France périe,
Agrandirait un jour de beaucoup sa patrie:
Méditant en secret nombreux et vils projets,
Sur le sort des Français se tenait aux aguets;
Cachant sa volonté par ce dessein perfide,
Et le crime en ce fait, le servait et le guide:
D'un esprit sans pareil, trahison sans égal,
Dans ces désirs affreux, dictait ce sort fatal;
En espérant qu'un jour, la France consommée,
L'anarchie y verrait la discorde allumée.
Sur la guerre civile il fondait son espoir:
Tout forfait à dessein ne fut jamais si noir;
Et son vœu criminel, rempli de barbarie,
Espérait du Héros voir la perte finie;
Il pourrait aisément soumettre les Français,
Et leur dicter les lois qu'il voudrait désormais.

Du Monarque voyant la fermeté sublime,
Ne vit enfin d'espoir qu'en se servant du crime :
Il espéra long-temps sur ce fatal revers,
Méditant en secret tous ces desseins pervers.
Aperçut, mais trop tard, pour son ignominie,
Du Sauveur des Humains ta valeur infinie;
Irrité du pouvoir du Gouverneur du monde,
Pour le bien des mortels sur la terre et sur l'onde,
En suivant le conseil d'un ennemi pervers,
Par son or corrupteur offert à l'univers,
Résolut par dessein, incroyable sur terre,
Au Grand NAPOLÉON, de déclarer la guerre :
Par ce projet secret, qu'il sut mal diriger,
Avait pour intention de sur tout dominer.
Animé de l'espoir de brillante campagne,
Ordonna qu'il fallait sortir de l'Allemagne ;
Sans craindre le pouvoir du vainqueur d'Austerlitz,
Pour le premier combat, perdit victoire à Schleitz.
De ce honteux début l'on vit trembler la ligue,
Ses projets chanceler avec leur vile intrigue :
Ferdinand, très-altier, de son honneur et sort,
Pour ne pas succomber, il préféra la mort.
Savais-tu, Ferdinand, le pouvoir du grand Prince,
Qui sous peu soumettra, tes États, tes Province :
Nombre de tes parens, unis à ton malheur,
Comme toi vont périr, sous les coups du vainqueur ;
Ta famille va voir sa perte trop certaine,
La moitié de son sang arrosera ces plaines.

Le Héros méditant, son génie combina
Le haut plan d'opérer la bataille d'Iéna :
Ce combat foudroyant, dans son action terrible,
Fit voir à l'ennemi les Français invincibles.
Vous, Brunswich et Ruchel, descendez au tombeau,
Vos armées en débris sont restées sans drapeau ;
Henri se voit blessé en ce désordre extrême,
Et voit qu'il faut céder à la valeur suprême :
Ne pouvant concevoir ta science, grand Héros,
Dans son étonnement regrettait ses propos.
Il vit dans cette action son malheur pitoyable,
Pour sa cour et son roi fut de plus déplorable :
De l'esprit de ces faits, l'ennemi sans chercher,
Venait parmi nos camps pour y bivouaquer ;
Ne pouvant se rallier par tes ordres dictés,
Tomber dans le péril que tu leur as tracés.
Deux cent mille Héros expirent devant toi,
Et le Prussien rebelle est soumis par ta loi :
Dans un mois seulement tu prends deux cents dix villes,
Les pays à tes lois rendus doux et dociles.
Qui pourrait en sept jours, livrant quatre combats,
Une armée renverser, la mettre sans soldats ;
Passer la Franconie, et l'Elbe et la Saale,
Si ce n'est un Vainqueur, comme toi redoutable :
Tes aïeux, pour le faire, ont mis jusqu'à sept ans,
Toi, d'un pas glorieux, l'opère en peu de tems.
Tout chemin t'est connu, et la route facile ;
Et ton bras sait réduire et faire des dociles.

Erfurth et Magdebourg tu fais capituler,
Et devant toi nul fort n'a pu te résister;
Des Gendarmes d'un Roi prenant tous les drapeaux,
Sont restés sans honneur, sans armes, sans chevaux :
Tous ces *vaillans* guerriers, grands éguiseurs de sabres,
Etant avant la guerre, à combattre si âpres,
Pour vexer la Forêt représentant ton nom,
Pour l'or que leur versait la hideuse Albion,
Etaient sans ta bonté, et sans ta modestie,
Sans honneur dans le Lac, descendus et périe.
Tout est en toi grandeur et magnanimité,
Et d'Hatzfeld serait mort, sans extrême bonté :
Ce n'est que par l'effet de ta grandeur humaine,
Que son épouse en pleurs, lui sauva cette peine.
Faire couler du sang, pour toi peu glorieux,
Tout mortel t'est soumis et se rend quand tu veux :
De l'antique Rosbach, pour briser la colonne,
Le Dieu Mars en fureur, attendait ta personne.
L'ombre de Frédéric, parlant de son tombeau,
En l'honneur de son nom, demandait un drapeau;
Respect à son décor, sa ceinture, ses armes,
Et sa famille en deuil, t'en priait par ses larmes.
L'honneur qui le conduit, ne pouvant s'arrêter,
Tu ne pus consentir, tu ne pus l'accorder :
Par tes ordres donnés, et l'esprit qui te guide,
Tu veux en décorer l'Hôtel des Invalides;
La force des armes t'accablant de lauriers,
Tu les cèdes de cœur à tes anciens guerriers;

Ce

Ce fait, déshonorant de Frédéric l'histoire,
Ajoute à ta valeur un degré de victoire.
Où veux-tu maintenant, et dans le monde entier,
Trouver un seul mortel pour t'offrir un laurier,
Digne de ta grandeur, où je ne puis atteindre,
Dignement te l'offrir, sans péril de l'éteindre ?
Tout tremble devant toi ; jusqu'à l'ourse du Nord,
Alexandre frémit dès ton premier abord :
Ton nom seul fit trembler les bords de la Vistule,
Cessant d'être un guerrier, tu deviens un Hercule....
Plus fort que Jupiter, le feu, le fer, l'airain,
Tu mets tout au néant, par tes lois, par ta main ;
Mais le ciel s'obscurcit, et j'entends le tonnerre ;
Sous mes pas chancelans je sens trembler la terre :
C'est un nouveau péril qui menace mon Roi ;
Oh Dieux ! qui m'inspirez, je suis saisi d'effroi.

. . . .

. . . .

De mon cœur alarmé je calme la frayeur,
Le Ciel de son salut a pris un soin vengeur :
Poursuis donc, Jupiter, ton foudre sanguinaire,
De ses crimes avérés, punis le téméraire ;
Que ce dernier combat soit les plaines d'Eylan,
Les Dieux et le Héros en ont formé le plan.
Je ne vois que flammes, que feu, que sang, carnage.
Dieux !... du sort des humains, est-ce là votre ouvrage !
De tous ces grands mortels, voyez-vous le tableau,
Dont les cœurs expirans cherchent péril nouveau !

S'arrétant à l'honneur que le Héros leur trace,
Ils ont bravé vingt fois le sort qui les menace.
Valeureux combattans, qui méprisez la mort,
Je cherche en vain l'honneur, méritant votre sort,
Et dont l'éclat brillant nous fournit pour l'histoire
Tous les beaux monumens transmis à votre gloire.
Sur les trophées d'airain s'est placé votre Nom;
Mais où mettre celui du Grand NAPOLÉON,
Dont le bras soumet tout par son ardeur guerrière,
Et lui seul, aux humains, sait donner des lumières:
Ces faits sont inconnus, révérés des mortels?
Les Dieux et les humains préparent ses autels.
Déjà j'entends Dantzick, atteint de son tonnerre,
Sa foudre fait trembler, et les Dieux et la terre:
Kalkreuth resté tremblant, a pris pour son soutien,
L'épaisseur de ces forts, les fossés qui les tient;
Par son défaut d'esprit croit parer tous obstacles;
Mais déjà du malheur de ces affreux spectacles,
Son cœur a, sans pitié, vu les morts, les mourans,
Et le frère et la sœur, la femme et les enfans,
Dans leur sang se noyer sous les débris des flammes.
Avant que d'expirer, sentir brûler leurs ames;
De cet affreux tableau il frissonne d'horreur,
De l'effet des flammes laisse aller la fureur.
Kalkreuth, ton sort finit, du moment faut te rendre,
La moitié de tes forts sont réduits tout en cendre;
Et du premier assaut que l'on va te livrer,
Après tant de mal fait, tu viens capituler.

Ta vile ambition se trouve enfin réduite :
Tant d'autres avec toi le seront par la suite.
Arrêtez, justes Dieux ! arrêtez votre élan !
Arrêtez tant de sang coulant à Friedland ;
C'est de votre courroux l'équité régulière,
L'ennemi va toucher à son heure dernière :
Ils sont frappés du coup que veut leur dernier sort,
La moitié sont enfuis, et les restans sont morts.
Généraux et soldats, l'un sur l'autre écrasés,
Et des flots de leur sang les champs sont abreuvés ;
Alexandre inhumain voit l'horreur des combats,
Plus, se voit sans canons, sans drapeaux, sans soldats :
Il croit que c'est du monde aussi l'heure dernière,
Voyant vingt mille morts couchés sur la poussière ;
Le ciel d'irritation fit trembler Kœnisberg,
Et le Russe immolé finit à Heilsberg :
Aux fureurs de la mort rend son dernier soupir,
Et la pitié pour lui, de pardon nous inspire.
Kœnisberg, plus prudent, refuse le combat,
Et le sage habitant frémit de cet état ;
Et de leur sang glacé, leur esprit immobile,
Préfère à l'Empereur d'abandonner la ville :
Méprisant tous forfaits pour trouver leurs repos,
Livre tous magasins, un convoi sur les eaux.
Peut-on croire, humains, un pareil stratagême ?
L'histoire et l'avenir dira : c'est un problême.
L'on a vu Kœnisberg éperdu de frayeur ;
Les citoyens des lieux, étant pris par la peur,

Ont livré d'un convoi, deux cents vaisseaux garnis
De blé, munitions, envoyés de Russie.
Ah! quel fait étonnant, est à l'aspect des Dieux,
Incroyable sur terre, et admis dans les Cieux.
Du Grand NAPOLÉON sont les sciences équitables,
Et les foibles mortels les trouvent inconcevables.
Interrogez du fait l'Oracle du Destin,
Et consultez du Ciel son vœu et son dessein:
Comment, par quelle vertu, quel éclat de puissance,
Kœnisberg de terreur se rendit à la France?
Accourez, grands mortels, accrédités des Cieux,
Et dites au monde entier, par quel éclat pompeux,
L'auguste Souverain a su tant de fois vaincre,
Et sans armer, son bras se fit tant de fois craindre;
Comment tant d'ennemis, à son pouvoir rendus,
Furent de sa puissance immolés et vaincus;
Gouvernant l'univers, les mortels et les ondes,
Il a su des humains dicter les lois du monde.
De bonté sa grandeur accordant un pardon,
Quel mortel peut chanter le Grand NAPOLEON!
Guidé de son courage, et méprisant la vie,
Plus son péril est grand pour lui, plus il l'envie:
Ce guerrier dans les rangs, courant braver la mort,
Parcourait les combats, en dirigeait le sort;
Généraux et soldats cédant à sa puissance,
Ont laissé leurs lauriers au Héros de la France.
Ennemis impuissans, après tant de malheurs,
Venez donc supplier à genoux l'Empereur;

Implorez sa bonté, demandez sa clémence;
Trop heureux si, pour vous, il pardonne l'offense:
De tout temps la vertu gouverne ce Héros,
Et son cœur veut la paix, et son âme le repos.
Ce sont ses grands travaux, à jamais mémorables,
Qui donnent aux Français une paix équitable :
L'univers à ses lois sera toujours soumis,
Et le sort des mortels est de plus affermi;
L'Europe voit enfin qu'il faut rester tranquille,
Le plus Grand Potentat est devenu docile;
Et la prospérité de tous faibles humains
Sera bien gouvernée par ses illustres mains.
Tel enfin, Grand Héros, il est de tes lumière,
Que je vois l'Eternel jaloux de ta carrière;
Mais je vois beaucoup plus, je vois à ton grand char,
L'éternité traîner, Alexandre et César:
L'antiquité se tait, de leurs faits, de leur gloire,
Devant toi tout finit, leurs noms et leur mémoire.
Ces hommes d'équité étaient grands conquérans;
Tu les rends si petits, quand ils étaient si grands,
Que tout savant mortel servant ta loi sublime,
Jouisse de leur bonheur, possédant ton estime;
Par désir animés, aimant à te chérir,
Sur tes dangers, ton sort sont long-temps à souffrir.
Princesse si tendre et grandeur si magnanime,
Ah! de combien de traits est ta vertu sublime!
Peut-tu voir le péril où se met le Héros,
Sans que ton cœur troublé, perde tout son repos?

Pour suivre tous ses pas ton ardeur est fidelle,
Et fait connaître en toi ton amitié réelle :
A ces faits peu communs, immortels à jamais,
Je reconnais dans toi l'âme des Beauharnais.
Et toi, Cambacérès, digne ami du Héros,
Que ton paisible cœur possède un doux repos :
Du Prince, c'est pour toi des plaisirs très-sensible,
De marcher rassuré du bras de l'Invincible ;
Mais non pas que tes pas chancèlent au hasard,
Dans un mauvais chemin, tu n'es jamais vu tard :
Car tu sais t'arrêter au flambeau qui t'éclaire ;
Dans toi-même réside une double lumière.
De ces brillans rayons, tout renaît de son feu,
Et ma Muse en son deuil, n'en peut saisir un peu ;
En vain pour le chercher ma verve est éperdue,
Et mon idée se perd en pensées ingénues :
Cela m'est refusé, pour moi, pour mon malheur,
Et j'insulte en tout lieu le nom de l'Empereur.
En vain j'implorais Dieu et la Bonté Suprême,
Pour vouloir l'honorer, je l'offense moi-même.
Je chercherais long-temps qui pourrait l'annoncer,
Pour arriver au but que l'on doit lui voter,
Faire connaître aux mortels ses actions sans pareilles,
Et dicter ses travaux, toutes ses peines et ses veilles.

TROISIÈME CHANT.

GRAND Roi, que ton péril rend maître des combats,
Qui seul sait gouverner tant de peuples et d'États,
Apprends-moi de quel art ta sublime sagesse,
Des Potentats d'Europe a passé la vieillesse.
On dirait à les voir que ce sont tes enfans,
Du Ciel mis à dessein, pour voir tes faits puissans;
Que le plus science, suivant son protocole,
Se trouve devant toi forcé d'être à l'école.
Ne pouvant rien dicter, sans conseil d'équité,
Leurs délibérations leur sont obscurité;
En tout fait, en tout lieu, leurs faibles connaissances,
Prouve très-clairement qu'ils sont dans l'ignorance.
Toi! tu n'as pas besoin de ce conseil flatteur,
Sans conseil ni secours, tu rejettes l'erreur;
Tu connais, Grand Héros, tout ce que l'on doit faire,
Tes faits et tes actions restent loin du vulgaire.
Que loin de t'apprécier sont les faibles mortels,
Il n'existe qu'un Dieu, pour dresser tes Autels;
Refusant ton repos, douceurs du diadême,
Tu consacres tes jours dans ta bonté suprême,
Au soin de gouverner tous les faibles humains,
Dont le sort, le bonheur, sont restés dans tes mains;
Loin de toi sont ces Rois, de tous crimes chargés,
Dans leurs remords souffrans, leurs cœurs sont déchirés.

Soutenant les forfaits de leur trône ébranlé,
Font mourir l'innocent quand leur ordre est donné;
Mais toi, dont l'équité fait trembler l'injustice,
Du trône de tous Rois, tu fais pâlir le vice.
Souvent pour y monter le crime les produit,
Et toi, pour y monter, la vertu t'a conduit.
Le Français suppliant, adora ta personne,
Quand il vit de l'État, tu prenais la couronne.
Tu leur traças des lois avec dextérité,
Le chemin de l'honneur, celui de l'équité;
Et pour suivre tes pas, la route fut facile,
Du bonheur assuré, tu leur produit l'asyle.
Ton génie pénétrant, sans cesse me réveille,
Approche à tout moment ton nom de mon oreille;
Familier pour mon cœur, loin de m'être farouche,
Reste dans mon esprit, quand il sort de ma bouche;
Sans quitter un moment me conduit en rêveur,
Sans pouvoir de mon fait, atteindre la hauteur;
C'est toi qui fais régler l'heureux sort de ma vie;
Car j'étais décidé d'une mauvaise envie,
De vouloir m'exercer, par un nouveau début,
D'après la décision du vœu de l'Institut;
De hasarder un fait pour moi bien téméraire,
Même bien au-dessus de ce que je puis faire.
Usant de mon ardeur, mon esprit mal épris,
Aurait voulu tracer les beautés de Paris;
Mais, pour moi, quel écueil, et pour ma Muse altière,
Sous le poids du talent tarissait ma carrière.

Me serait-il permis, dans le siècle où nous sommes,
D'approcher mon esprit de celui des Grands Hommes?
Non, j'aurais succombé du fait de mon erreur;
Ployé sous ce fardeau, je portais la douleur.
J'aime bien mieux céder, sans être téméraire,
A l'honneur d'un travail que je ne pouvais faire;
Mais je respecterai, d'un très-grand sentiment,
Celui qui, de Paris, fait l'embellissement;
Tracera son tableau, par un portrait fidelle,
Rapportant son histoire et sa beauté nouvelle;
Car, je vois tous les jours cette grande cité
S'embellir dans son sein, augmenter sa beauté;
Et par l'effet de l'art, son air devenu pur,
Laisse au moins des humains respirer la nature.
D'un génie très-puissant, vient ces dessins nouveaux,
Et cet art inconnu, fait les goûts les plus beaux.
Dans son antique plan, cette Cité hideuse,
Renfermait dans son sein des vapeurs très-affreuses;
L'honnête Citoyen, de l'air empoisonné,
Par la mort en fureur, se voyait moissonné.
Périssant dans ce gouffre, où se mêlait la peste,
Du tombeau des humains, cherchez où sont les restes;
Maintenant, ces fontaines et ces beaux monumens,
Nous distillent leurs eaux dans ces heureux momens;
Pour nous sont clarifiées; et leur clarté nouvelle
Remet aux Parisiens une santé réelle:
Admirez, grands mortels, l'auteur de ce bienfait,
Concevez du Héros tout le bien qu'il a fait.

La Police, autrefois, était moins sciencée,
La moitié des Humains mourait empoisonnée;
Aujourd'hui l'art nous fait un présent adorable,
Nous trouvons dans ces lieux l'utile et l'agréable.
Le Voyageur surpris, de chefs-d'œuvre entouré,
Choisit où portera son œil vif, égaré;
Et toutes ces places, pour lui, sont édifices,
Sans penser au besoin qui les rend si propices.
Du Louvre, en son travail, resté examinateur,
Souvent sans concevoir son plan, ni sa grandeur;
C'est par l'art, le génie, et son architecture,
Que de ce monument on conçoit la structure.
Le chiffre couronné, dont on voit l'ornement,
Dans nos cœurs s'est gravé avant ce monument;
Ce grand nom qu'embellit ce pompeux édifice,
Annonce la Vertu venant chasser le Vice.
Et par ces faits puissans, voyez la Volupté
Parer les Tuileries en candeur, en beauté;
Dans le sein de l'Amour, où se perd d'une belle,
Un cœur tendre, brûlant, de ses flammes cruelles.
La Vertu s'entretient, dans son noble discours,
Du bonheur du Héros, des grandeurs de sa Cour.
Muse, dans ce moment, pourrais-tu me dire
Pourquoi, sur ce sujet, avoir fixé ma lyre?
Pouvez-vous constamment, d'une nouvelle ardeur,
Du Louvre propager la beauté, la splendeur?
Revenez sur vos pas; vos idées belliqueuses
Ne peuvent qu'affaiblir votre muse impérieuse.

Apprenez justement, et pour votre repos,
Que le tout est dicté par ordre du Héros;
Que le tout est son fait, le vœu de son génie,
Les plus faibles travaux qu'il traça dans sa vie,
Dont le plan inconnu sera exécuté,
Et si vous le pouvez, vous direz sa beauté,
En vain ces grands auteurs, de lumière profonde,
Se noient sur ce sujet, tel qu'un mortel dans l'onde;
Chercheront d'approfondir dans leur force d'esprit,
La grandeur de leurs faits, le but qui les conduit:
Si l'Auteur, par secours, ne produit ses lumières,
Messieurs, sur votre fait, vous serez en arrière.
La beauté de ce plan, aux mortels inconnu,
Du Grand NAPOLÉON, le génie le conçut;
De l'effet d'un moment, il en traça l'ouvrage,
De cet œuvre aujourd'hui découvrez l'avantage.
Si, par de grands moyens vous trouvez la hauteur,
Je demande pardon si je suis dans l'erreur;
Excusez mon esprit, mon état de faiblesse,
Je reviens sur tous mots, si je vois qu'il vous blesse.
Tout mortel égaré souvent ne le sait pas,
Pour trouver son chemin, il revient sur ses pas;
Vous devez pardonner à l'ardeur qui m'anime,
Mon cœur, en son dessein, n'a jamais fait de crime.
Si je vous offensais, je serais malheureux,
Vous ayant fait souffrir ce discours ennuyeux;
Tandis que vous voyez, Millevoye, Brugnière,
Accourir du Parnasse en donner les lumières;

Dont le style pompeux, suivant le Voyageur,
Sait toucher de beauté, l'âme, l'esprit, le cœur;
Pour tracer le portrait d'un Voyageur fidelle,
Ont nommé tous grands hommes, et de gloire immortelle
Mais si vous voulez faire un ouvrage très-beau,
De l'immortel Delisle empruntez le pinceau;
Suivez de son esprit les sciences lumineuses,
Ils aideront beaucoup vos idées ténébreuses.
Vous pourrez aisément recueillir avec fruit,
Tout le prix du talent qui vous dicte et conduit;
Mais de si haut savoir que soient montées vos lyres,
Ne croyez pas, Messieurs, pouvoir hautement dire.
Du Parnasse, en mon fait, j'ai dicté la hauteur,
J'ai le talent qu'il faut pour chanter l'Empereur,
Et dicter aux humains l'éclat de son génie,
Et la beauté des faits opérés dans sa vie.
Nul pinceau ne pourrait tracer pareil portrait,
Et le génie de l'homme est au-dessous du fait.
Pourrait-il se trouver un mortel dans l'État,
Un Historien savant, dans son art par éclat,
Usant de ses moyens, et de ses Muses altières;
Nous tracerait au vrai, ses faits et ses lumières;
Ou dirait quel Auteur, de moyens revêtu,
Écrira savamment ses faits et sa vertu.
La justice est en lui, pour tous rendue commune,
Administrée en tout sans fiel, sans amertume:
Il connaît le talent, la valeur de chacun,
Il met tout à sa place, et pour le bien commun.

Voyant tout par ses yeux, opérant tout lui-même,
L'opprimé reçoit droit en sa justice extrême;
Sa sublime grandeur, son impartialité,
Pour le talent, les arts, fait toute la sûreté.
Immortel dans ses faits, auguste dans sa gloire,
Quelles louanges peut annoncer son histoire!
C'est au Ciel de nous faire entendre ses accords,
Et aux faibles mortels de joindre leurs essors:
Ce haut but opéré, par la pompe divine,
Fera que peu d'honneur à sa vertu sublime;.....
Mais je sens mon esprit ivre de son délire,
Comptant avoir trouvé le but que je désire.
S'égayer de ces faits, dans un si triste ouvrage,
Et prendre pour appui de si faible avantage:
Mais quelle erreur m'égare, et pour vous, mon esprit,
Quel est l'espoir flatteur qui vous a donc séduit?
Du moment, reprenant un examen sévère,
Je vois tout le besoin où je suis de me taire;
Ma raison, sur ce point, me dit qu'il faut céder,
Qui ne peut imiter, doit, au fait, succomber.
Sur ce fait résolu, et sans forcer ma veine,
Contre mon sentiment je n'écris avec peine;
Et dussé-je périr sous le poids de l'erreur,
Je veux, d'un cœur ouvert, chanter mon Empereur.
Te dire, grand Héros, qu'il n'est dû qu'à toi-même
Dans l'Univers entier porter le diadême;
Ne pouvant donc toucher de plus haut tes lauriers,
Je crains de les flétrir par tant de vers grossiers.

Le degré de hauteur où t'as mis la victoire,
M'empêche d'arriver au sommet de ta gloire;
J'espère en vain pardon de ma légèreté,
De chanter tes exploits dans ma simplicité.
Je suis pour t'annoncer, plein d'une ardeur fidelle,
Qui toujours en ce sens, me devient trop rebelle.
C'est inutile, à moi, de vouloir persister,
Je suis trop loin du but où je veux m'arrêter.
Dans ce rétif élan, ma Muse confondue,
Mon esprit, ma raison, à chaque mot se tue;
Ce transport agité, met mon cœur en appas:
Je veux tracer la route où je n'arrive pas.
Dans ce chemin glissant, à suivre peu facile,
Loin d'aider mes idées, les rend plus infertiles;
Ce malheur me poursuit, le sort est contre moi,
Pour tracer ton portrait, tel qu'il se voit en toi.
Je ne vois rien au monde, en ton mérite extrême,
Qui pourrait t'annoncer fidèlement toi-même;
Mais non pas que je sois par basse complaisance,
Un cœur pour te chanter, revêtu de souffrance.
Non! il s'explique au vrai dans ton mot prononcé,
Tout ce qu'il pense est dit... et tel qu'il est pensé;
Mon cœur à se changer, et ma verve hardie,
N'ont pu se déguiser dans leur altière envie.
Et ma Muse m'inspire, invoquant Apollon,
De chanter et louer le Grand NAPOLÉON!
Dans son égarement vainement obstinée,
Sous les lois de neuf Sœurs se trouve condamnée.

Daigne donc pardonner à mon cœur innocent,
Qui ne peut t'expliquer son vœu, son sentiment;
Ces faibles vers, écrits sans esprit, sans lumière,
Avec moi vont rentrer dans l'oubli, la poussière :
Demandant, Grand Héros, tout excuse et pardon,
D'avoir voulu chanter si faiblement ton nom.

FIN.

22

www.ingramcontent.com/pod-product-compliance
Ingram Content Group UK Ltd.
Pitfield, Milton Keynes, MK11 3LW, UK
UKHW020219200726
13856UKWH00004B/1500

9 782011 908490